THE USBORNE BOOK OF
EVERYDAY WORDS
in German

Designer and modelmaker: Jo Litchfield

Editors: Rebecca Treays, Kate Needham and Lisa Miles
German language consultant: Anke Kornmüller
Photography: Howard Allman
Modelmaker: Stefan Barnett
Managing Editor: Felicity Brooks
Managing Designer: Mary Cartwright
Photographic manipulation and design: Michael Wheatley

With thanks to Inscribe Ltd. and Eberhard Faber for providing the Fimo® modeling material

Everyday Words is a stimulating and lively wordfinder for young children. Each page shows familiar scenes from the world around us, providing plenty of opportunity for talking and sharing. Small, labeled pictures throughout the book tell you the words for things in German.

There are a number of hidden objects to find in every big scene. A small picture shows what to look for, and children can look up the German word for the numbers on page 43.

Above all, this bright and busy book will give children hours of enjoyment and a love of reading that will last.

Die Familie

die Schwester   der Bruder   die Tochter   der Vater   der Sohn   die Mutter

die Katze   die Großmutter   der Großvater   der Hund

der Enkel   die Enkelin

Die Stadt

 Such fünfzehn Autos*

die Tankstelle

der Supermarkt

die Geschäfte*

4

das Krankenhaus

der Swimmingpool

die Schule

der Parkplatz

das Kino

die Brücke

Die Straße

Such zwölf Vögel*

die Bäckerei

der Kellner

der Polizist   die Apotheke   der Buggy   die Bushaltestelle

 die Metzgerei

 der Hund

 das Café

 das Skateboard

 der Feuerwehrmann

 der Kinderwagen

die Straßenlaterne

 die Post

die Katze

 der Bäcker

7

Das Haus

Such acht Tassen*

die Tür

die Türklinke

der Teppich

das Dach

das Treppengeländer

der Speicher

das Schlaf-zimmer

das Arbeitszimmer

das Badezimmer

das Wohnzimmer

die Diele

die Küche

der Kamin

der Lichtschalter

der Vorleger

das Fenster

die Treppe

Der Garten

 Such siebzehn Würmer*

die Raupe

der Blumentopf

die Biene

die Hacke

der Knochen

die Nacktschnecke

der Marienkäfer

das Blatt

die Schnecke

die Ameise

der Rechen

die Hundehütte

der Baum

der Grill

der Schmetterling

die Schubkarre

die Samen*

das Nest

der Rasenmäher

11

Die Küche

 Such zehn Tomaten*

die Spüle

das Messer

die Waschmaschine

der Toaster

der Stuhl   die Untertasse   der Tisch   die Tasse   die Bratpfanne

die Mikrowelle

die Gabel

das Sieb

der Herd

der Löffel

die Kehrschaufel

die Geschirrspül-
maschine

der Teller   der Topf   die Kanne   die Schüssel   der Kühlschrank

Lebensmittel

der Keks   das Brot

die Nudeln*   der Reis   das Mehl   die Getreideflocken*

der Fruchtsaft   der Teebeutel   der Kaffee   der Zucker

die Milch   die Sahne   die Butter   das Ei   der Käse   der Joghurt

das Hähnchen   die Krabbe   die Wurst   der Speck   der Fisch   die Salami

der Schinken   die Suppe   die Pizza   das Salz   der Pfeffer   der Senf

das Ketchup   der Honig   die Marmelade   die Rosinen*   die Erdnüsse*   das Wasser

die Ananas die Birne die Limone die Zitrone der Pfirsich die Aprikose

die Kirsche die Banane die Erdbeere die Himbeere die Mango die Grapefruit

die Pflaume die Kokosnuss die Orange die Wassermelone die Melone die Trauben*

der Apfel die Kiwi die Tomate die Avocado die Kartoffel die Bohnen*

die Zucchini der Kohl die Zwiebel der Pilz die Karotte die Aubergine

der Lauch der Brokkoli der Blumenkohl die Erbsen* der Spinat die rote Beete

der Kopfsalat der Stangensellerie der Maiskolben die Gurke die Chillischote die Paprikaschote

15

Das Wohnzimmer

 Such sechs Cassetten*

 die CD

 der Geldbeutel

 der Sessel

 der Staubsauger

 das Video

 das Sofa

 der Videorecorder

die Stereoanlage

das Puzzle

der Fernseher

die Blockflöte

die Blume

die Obstschale

der Tamburin

das Tablett

das Kissen

das Klavier

der Kopfhörer

Das Arbeitszimmer

der Schreibtisch

 Such neun Stifte*

der Computer

das Telefon

die Zeitschrift

die Gitarre

die Pflanze

das Buch

der Wachsmalstift

das Foto

Das Badezimmer

 Such drei Boote*

die Seife

das Waschbecken

das Handtuch

der Stöpsel

die Toilette

die Dusche

die Badewanne

das Toilettenpapier

der Kamm

das Shampoo

19

Das Schlafzimmer

das Krokodil

die Trompete

 Such vier Spinnen*

die Kommode

der Roboter

das Bett

der Teddy

die Rakete

die Puppe

die Trommel

die Raumfähre

 der Elefant

 die Cassette

 die Schlange

 der Wecker

die Marionette

der Nachttisch

der Löwe

die Decke

die Giraffe

die Spielkarten*

21

Im Haus

die Zahnpasta   die Zahnbürste

die Zeitung   der Brief

die Jalousie   der Vorhang   das Federbett   das Kopfkissen   das Fotoalbum

das Bügelbrett   das Bügeleisen   die Nähmaschine   die Vase   die Maus

der Nachttopf   der Schwamm   der Wasserhahn   die Haarbürste   der Spiegel

der Abfalleimer   das Spülmittel   der Taschenrechner   die Spielsachen*   die Lampe

Transport

der Krankenwagen

das Feuerwehrauto

das Polizeiauto

der Hubschrauber

der Lastwagen

das Auto

der Bagger

der Roller

das Boot

das Kanu

der Wohnwagen

das Flugzeug

der Heißluftballon

der Traktor

das Taxi

das Fahrrad

der Bus

das Motorrad

das U-Boot

der Zug

der Rennwagen

der Lieferwagen

die Drahtseilbahn

der Sportwagen

Der Bauernhof

das junge Schwein

das Schwein

 Such fünf Kätzchen*

die Gans

der Stier

die Kuh

das Kalb

der Hahn

das Küken

die Henne

24

die Scheune

das Kaninchen

das Schaf

das Lamm

der Teich

der Esel

die Ziege

der Bauer

der Truthahn

die Tor

das Entenküken

die Ente

der junge Hund

das Pferd

Das Klassenzimmer

 Such zwanzig Wachsmalstifte*

 der Bleistiftspitzer

die Staffelei

der Füller

das Papier

der Filzstift

die Kreide

der Kleiderhaken

die Schere

die Tafel

 der Bindfaden

 der Hocker

 der Bleistift

 der Radiergummi

 das Klebeband

 der Klebstoff

 die Bauklötzchen

 die Farbe

 der Pinsel

 die Uhr

 das Heft

das Lineal

 der Lehrer

Die Party

Such elf Äpfel*

der Kassettenrekorder

das Geschenk

der Pirat

der Cowboy

die Ärztin

die Chips*

die Popcorn*

der Ballon

das Band

der Kuchen

 die Schokolade

 das Eis

 die Karte

 die Ballerina

 die Nixe

 der Astronaut

 das Bonbon

die Kerze

 der Strohhalm

der Kinderstuhl

 der Clown

Der Campingplatz

Such zwei Teddys*

der Koffer

das Zelt

der Fotoapparat

das Radio

der Rucksack

der Personalausweis

die Taschenlampe

30

der Film

das Geld

der Fußball

der Regenschirm

die Landkarte

das Fernglas

das Kätzchen

die Fahrkarte

31

Die Kleidung

das T-Shirt

die Jeans

die Latzhose

das Kleid

der Rock

die Strumpfhose

der Schlafanzug

der Bademantel

das Unterhemd

der Latz

der Pullover

das Sweatshirt

die Strickjacke

die Hose

die Schürze

das Hemd

der Mantel

der Trainingsanzug

die Shorts

die Unterhose

der Badeanzug

die Badehose

der Bikini

die Krawatte

der Gürtel

die Hosenträger*

der Reißverschluss

der Knopf

der Schal

die Brille

die Sonnenbrille

der Button

die Armbanduhr

die Socke

der Handschuh

der Hut

die Mütze

der Helm

der Stiefel

der Sportschuh

der Ballettschuh

der Hausschuh

der Schuh

die Sandale

Die Werkstatt

 Such dreizehn Mäuse*

der Werkzeugkasten

die Gießkanne

der Nagel

der Hammer

das Taschenmesser

der Schraubenzieher

die Dose

die Spinne

die Säge

der Schraubstock

der Schlüssel

der Wurm

der Eimer

der Spaten

das Streichholz

der Karton

das Rad

der Gartenschlauch

das Seil

die Motte

der Schraubenschlüssel

der Besen

35

Der Park

 Such sieben Fußbälle*

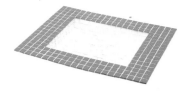

das Planschbecken

der Junge

der Vogel

 der Sandwich

 der Tennisschläger

 der Hamburger

 der Drachen

 das Baby

 der Hotdog

 die Pommes frites*

 der Rollstuhl

 das Mädchen

 die Schaukeln*

 die Wippe

 das Karussell

 die Rutschbahn

37

Die Körperteile

der Kopf   das Ohr   die Zunge

die Nase   der Mund   die Zähne*   das Auge

der Rücken   der Bauch   der Bauchnabel

38

der Arm der Bein der Ellbogen das Knie

die Hand der Fuß der Finger der Daumen das Gesäß

die langen Haare* die kurzen Haare* die lockigen Haare* die glatten Haare*

Tätigkeiten

schlafen

radfahren

reiten

lächeln

lachen

weinen

singen

gehen

rennen

springen

kicken

| schreiben | malen | zeichnen | lesen | schneiden | kleben |

| sitzen | stehen | drücken | ziehen |

| essen | trinken | sich waschen | küssen | winken |

Formen

das Oval

der Kreis

der Halbmond

das Dreieck

das Quadrat

das Rechteck

der Stern

Farben

rot

rosa

gelb

braun

grau

blau

lila

weiß

grün

schwarz

orange

Zahlen

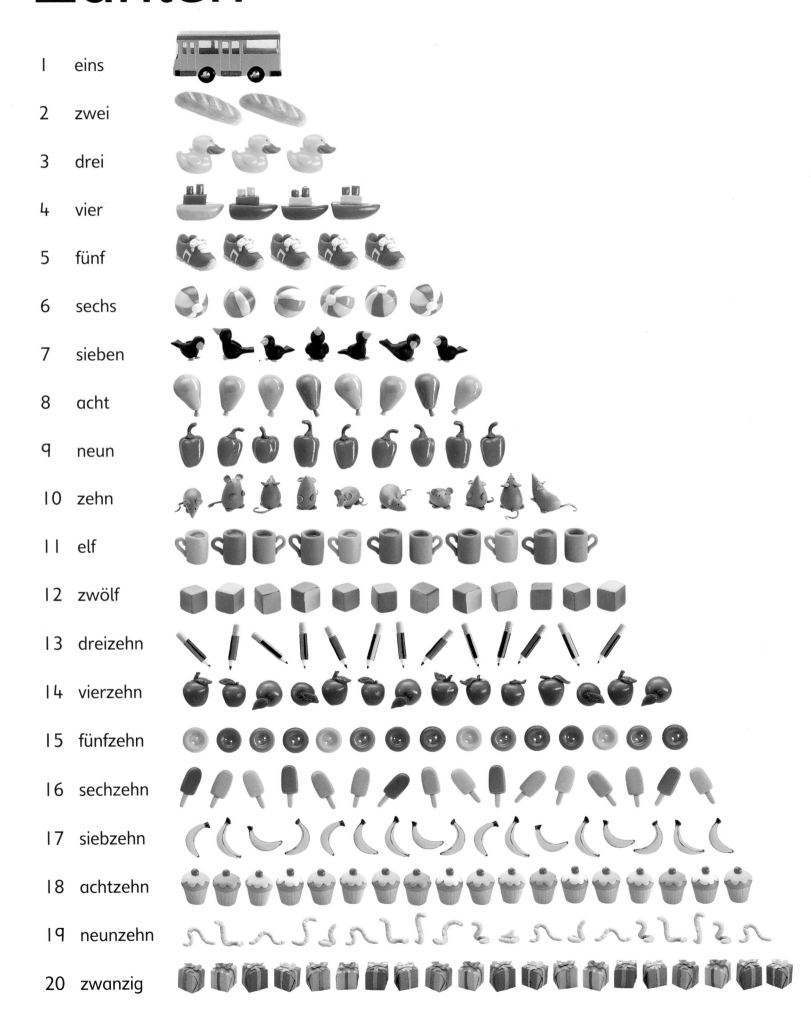

1 eins

2 zwei

3 drei

4 vier

5 fünf

6 sechs

7 sieben

8 acht

9 neun

10 zehn

11 elf

12 zwölf

13 dreizehn

14 vierzehn

15 fünfzehn

16 sechzehn

17 siebzehn

18 achtzehn

19 neunzehn

20 zwanzig

Word list

In this list, you can find all the German words in this book. They are listed in alphabetical order. Next to each one, you can see its pronunciation guide (how to say it) in letters *like this*, and then its English translation.

German nouns (words for objects) are either masculine, feminine or neuter. In the list, each one has **der**, **die** or **das** in front of it. These all mean "the". The words with **der** are masculine, those with **die** are feminine and the words with **das** are neuter.

Die is also the word for "the" in front of a plural noun (a noun is plural if there is more than one of something, for example "cats"). In the list, plural nouns are shown with **die** in front of them and they are followed by an asterisk, like this *. After the asterisk you will see either **(m)**, **(f)** or **(n)** to show if the noun is masculine, feminine or neuter.

About German pronunciation

Read each pronunciation guide as if it were an English word, but remember the following points about how German words are said:

● The German **ü** is said a bit like the "u" in "music". It is shown as "ew" in the pronunciations.

● The German **ch** is usually said like the "h" in "huge". After "a", "o", "u" or "au" though, **ch** is more like a grating "h" sound, made at the back of the throat. It is shown as "kh" in the pronunciations.

● The German **g** is said like the "g" in "garden".

● The German **r** is made at the back of the throat and sounds a little like growling.

a

German	Pronunciation	English
der Abfalleimer	*dair apfal-eyemer*	trash can
acht	*akht*	eight
achtzehn	*akhtsayn*	eighteen
die Ameise	*dee aamizer*	ant
die Ananas	*dee annannass*	pineapple
der Apfel	*dair apfel*	apple
die Äpfel* (m)	*dee epfel*	apples
die Apotheke	*dee apo-taker*	pharmacy
die Aprikose	*dee ah-preekozer*	apricot
das Arbeitszimmer	*dass arbites-tsimmer*	study
der Arm	*dair arrm*	arm
die Armbanduhr	*dair armbant-oor*	watch
die Ärztin	*dee ertstin*	doctor (woman)
der Astronaut	*dair astraw-naowt*	astronaut
die Aubergine	*dee auberginer*	eggplant
das Auge	*dass aowger*	eye
das Auto	*dass aowto*	car
die Autos* (n)	*dee aowtos*	cars
die Avocado	*dee avo-cado*	avocado

b

German	Pronunciation	English
das Baby	*dass baby*	baby
der Bäcker	*dair bekker*	baker (man)
die Bäckerei	*dee bekka-rye*	baker's shop
der Badeanzug	*dair bahdder-antsook*	swimsuit
die Badehose	*dee bahdder-hawzer*	swimming trunks
der Bademantel	*dair bahdder-mantel*	bathrobe
die Badewanne	*dee bahdder-vanner*	bathtub
das Badezimmer	*dass bahdder-tsimmer*	bathroom
der Bagger	*dair bagger*	bulldozer
die Ballerina	*dee ballerina*	ballerina
der Ballettschuh	*dair ba-lettshoo*	ballet shoe
der Ballon	*dair ba-lon*	balloon
die Banane	*dee banna-ner*	banana
das Band	*dass bant*	ribbon
der Bauch	*dair baowkh*	belly
der Bauchnabel	*dair baowkh-naabel*	belly button
der Bauer	*dair baower*	farmer
der Bauernhof	*dair baowern-hof*	farm
die Bauklötzchen* (n)	*dee baowklerts-h-yen*	toy blocks
der Baum	*dair baowm*	tree
das Bein	*dass bine*	leg
der Besen	*dair bayzen*	broom
das Bett	*dass bet*	bed
die Biene	*dee beener*	bee
der Bikini	*dair bikini*	bikini
der Bindfaden	*dair bintfaaden*	string
die Birne	*dee beerner*	pear
das Blatt	*dass blat*	leaf
blau	*blaow*	blue
der Bleistift	*dair bly-shtift*	pencil
der Bleistiftspitzer	*dair bly-shtift-shpitser*	pencil sharpener
die Blockflöte	*dee blok-flerter*	recorder
die Blume	*dee bloomer*	flower
der Blumenkohl	*dair bloomen-kawl*	cauliflower
der Blumentopf	*dair bloomen-topf*	flowerpot
die Bohnen* (f)	*dee bawnan*	green beans
das Bonbon	*dass bon-bon*	candy
das Boot	*dass bawt*	boat
die Boote* (n)	*dee bawt-er*	boats
die Bratpfanne	*dee bratfanner*	frying pan
braun	*braown*	brown
der Brief	*dair breef*	letter
die Brille	*dee briller*	glasses
der Brokkoli	*dair brokoli*	broccoli
das Brot	*dass brawt*	bread
die Brücke	*dee brewker*	bridge
der Bruder	*dair brooder*	brother

das Buch	*dass bookh*	book
das Bügelbrett	*dass bewgelbret*	ironing board
das Bügeleisen	*dass bewgel-eyezen*	iron
der Buggy	*dair buggy*	stroller
der Bus	*dair booss*	bus
die Bushaltestelle	*dee booss-hulta-shtella*	bus stop
die Butter	*dee bootter*	butter
der Button	*dair button*	pin

c

das Café	*dass kafai*	café
der Campingplatz	*dair kempingplats*	campsite
die Cassette	*dee kassetter*	cassette
die Cassetten* (f)	*dee kas-setten*	cassettes
die CD	*dee tser-der*	CD
die Chillischote	*dee chillishawter*	chili pepper
die Chips* (m)	*dee chips*	chips
der Clown	*dair clown*	clown
der Computer	*dair kompyooter*	computer
der Cowboy	*dair cowboy*	cowboy

d

das Dach	*dass dakh*	roof
der Daumen	*dair daowmen*	thumb
die Decke	*dee dekker*	blanket
die Diele	*dee deeler*	hall
die Dose	*dee daw-za*	can
der Drachen	*dair drakhen*	kite
die Drahtseilbahn	*dee draatzilebaan*	ski lift
drei	*dry*	three
das Dreieck	*dass dry-ek*	triangle
dreizehn	*dry-tsain*	thirteen
drücken	*drew-ken*	to push
die Dusche	*dee doosher*	shower

e

das Ei	*dass eye*	egg
der Eimer	*dair eye-mer*	bucket
eins	*ine-ts*	one
das Eis	*dass ice*	ice cream
der Elefant	*dair elefant*	elephant
elf	*elf*	eleven
der Ellbogen	*dair el-bawgen*	elbow
der Enkel	*dair enkel*	grandson
die Enkelin	*dee enkelin*	granddaughter
die Ente	*dee enter*	duck
das Entenküken	*dass enten-kewkken*	duckling
die Erbsen* (f)	*dee airb-sen*	peas
die Erdbeere	*dee aird-bairer*	strawberry
die Erdnüsse* (f)	*dee airdnoosser*	peanuts
der Esel	*dair aizel*	donkey
essen	*ess-en*	to eat

f

die Fahrkarte	*dee fahr-karter*	ticket
das Fahrrad	*dass fah-rat*	bicycle
die Familie	*dee fammeelee-er*	family
die Farbe	*dee farber*	color
die Farben* (f)	*dee farben*	colors
das Federbett	*dass faider-bet*	comforter
das Fenster	*dass fenster*	window
das Fernglas	*dass fairnglas*	binoculars
der Fernseher	*dair fairn-zai-er*	television
das Feuerwehrauto	*dass foy-er-vair-aowtaw*	fire engine
der Feuerwehrmann	*dair foy-er-vair-man*	firefighter
der Film	*dair film*	film (camera)
der Filzstift	*dair feelts-shtift*	felt-tip pen
der Finger	*dair finger*	finger
der Fisch	*dair fish*	fish
das Flugzeug	*dass flook-tsoyk*	airplane
die Formen* (f)	*dee form*	shapes

das Foto	*dass fawto*	photograph
das Fotoalbum	*dass fawto-album*	photo album
der Fotoapparat	*dair fawto-aparat*	camera
der Fruchtsaft	*dair frookht-zaft*	fruit juice
der Füller	*dair fewller*	ink pen
fünf	*fewnf*	five
fünfzehn	*fewnf-tsain*	fifteen
der Fuß	*dair fooss*	foot
der Fußball	*dair fooss-bal*	soccer ball
die Fußbälle* (m)	*dee foossbeller*	soccer balls

g

die Gabel	*dee gah-bel*	fork
die Gans	*dee gance*	goose
der Garten	*dair gar-ten*	yard
der Gartenschlauch	*dair gartenshlaowkh*	hose
gehen	*gai-en*	to walk
gelb	*gelp*	yellow
das Geld	*dass gelt*	money
der Geldbeutel	*der gelt-boytel*	coin purse
das Gesäß	*dass gezess*	bottom (part of the body)
die Geschäfte* (n)	*dee geshefter*	stores
das Geschenk	*dass geshenk*	present (gift)
die Geschirr- spülmaschine	*dee Gesheer- shpewlmasheener*	dishwasher
die Getreideflocken* (f)	*dee getryderflokken*	cereal
die Gießkanne	*dee geese-kanner*	watering can
die Giraffe	*dee gee-raffer*	giraffe
die Gitarre	*dee gitarra*	guitar
die glatten Haare* (n)	*dee glatten haarer*	straight hair
die Grapefruit	*dee grapefroot*	grapefruit
grau	*graow*	gray
der Grill	*dair grill*	barbecue grill
die Großmutter	*dee gross-mootter*	grandmother
der Großvater	*dair gross-farter*	grandfather
grün	*grewn*	green
die Gurke	*dee goorker*	cucumber
der Gürtel	*dair gewrtel*	belt

h

die Haarbürste	*dee har-bewrster*	hairbrush
die Haare* (n)	*dee haarer*	hair
die Hacke	*dee hakker*	shovel
der Hahn	*dair harn*	rooster
das Hähnchen	*dass henh-yen*	chicken
der Halbmond	*dair halp-mont*	crescent
der Hamburger	*dair hamburger*	hamburger
der Hammer	*dair hammer*	hammer
die Hand	*dee hant*	hand
der Handschuh	*dair hant-shoo*	glove
das Handtuch	*dass hant-tookh*	towel
das Haus	*dass house*	house
der Hausschuh	*dair house-shoo*	slipper
das Heft	*dass heft*	notebook
der Heißluftballon	*dair hysse-looft-ba-lon*	hot air balloon
der Helm	*dair helm*	helmet
das Hemd	*dass hemt*	shirt
die Henne	*dee henner*	hen
der Herd	*dair hairt*	stove
die Himbeere	*dee himbairer*	raspberry
der Hocker	*dair hokker*	stool
der Honig	*dair honikh*	honey
die Hose	*dee hawzer*	pants
die Hosenträger* (m)	*dee hawzentrayger*	suspenders
der Hotdog	*der hotdok*	hotdog
der Hubschrauber	*dair hoob-shraowber*	helicopter
der Hund	*dair hoont*	dog

German	Pronunciation	English
die Hundehütte	dee hoonder-hewtter	doghouse
der Hut	dair hoot	hat

j

German	Pronunciation	English
die Jalousie	dee jaloozee	blind
die Jeans	dee jeanz	jeans
der Joghurt	dair yogoort	yogurt
das junge Schwein	dass yoonger shvine	piglet
der junge Hund	dair yoonger hoont	puppy
der Junge	dair yoonger	boy

k

German	Pronunciation	English
der Kaffee	dair kaffai	coffee
das Kalb	dass kalp	calf
der Kamin	dair kammeen	fireplace
der Kamm	dair kam	comb
das Kaninchen	dass kanninh-yen	rabbit
die Kanne	dee kanner	jug
das Kanu	dass kannoo	kayak
die Karotte	dee karrotter	carrot
die Karte	dee karter	card
die Kartoffel	dee kartoffel	potato
der Karton	dair karton	cardboard box
das Karussel	dass karroosell	merry-go-round
der Käse	dair kayzer	cheese
der Kassettenrekorder	dair kassetten-rekorder	cassette player
das Kätzchen	dass kets-h-yen	kitten
die Kätzchen* (n)	dee kets-h-yen	kittens
die Katze	dee katzer	cat
die Kehrschaufel	dee kairshaowfel	dustpan
der Keks	dair keks	cookie
der Kellner	dair kellner	waiter
die Kerze	dee kairtse	candle
das Ketchup	dass ketchup	ketchup
kicken	kik-en	to kick
der Kinderstuhl	dair kinder-shtool	highchair
der Kinderwagen	dair kinder-vah-gen	baby buggy
das Kino	dass keeno	movie theater
die Kirsche	dee kirsher	cherry
das Kissen	dass kissen	cushion
die Kiwi	dair keevee	kiwi
das Klassenzimmer	dass klassen-tsimmer	classroom
das Klavier	dass klah-veer	piano
das Klebeband	dass klayberbant	tape
kleben	klay-ben	to stick
der Klebstoff	dair klayb-shtoff	glue
das Kleid	dass klyde	dress
der Kleiderhaken	dair klyder-harken	coat hook
die Kleidung	dee kly-dung	clothing
das Knie	dass k-nee	knee
der Knochen	dair k-nokhen	bone
der Knopf	dair k-nopf	button
der Koffer	dair koffer	suitcase
der Kohl	dair kawl	cabbage
die Kokosnuss	dee kawkoss-nooss	coconut
die Kommode	dee ko-moder	chest of drawers
der Kopf	dair kopf	head
der Kopfhörer	dair kopfher-rer	headphones
das Kopfkissen	dass kopfkissen	pillow
der Kopfsalat	dair kopf-zullaht	lettuce
die Körperteile* (m)	dee kerpertyler	parts of the body
die Krabbe	dee krabber	shrimp
das Krankenhaus	dass kranken-house	hospital
der Krankenwagen	dair kranken-vaagen	ambulance
die Krawatte	dee kravatter	tie
die Kreide	dee kryder	chalk
der Kreis	dair krysse	circle
das Krokodil	dass kroko-deel	crocodile
die Küche	dee kewh-yer	kitchen
der Kuchen	dair kookhen	cake
die Kuh	dee koo	cow
der Kühlschrank	dair kewl-shrank	refrigerator
das Küken	dass kewkken	chick
die kurzen Haare* (n)	dee koortsen haare	short hair
küssen	koossen	to kiss

l

German	Pronunciation	English
lächeln	lekheln	to smile
lachen	lakhen	to laugh
das Lamm	dass lam	lamb
die Lampe	dee lamper	lamp
die Landkarte	dee lant-karter	map
die langen Haare* (n)	dee langen haare	long hair
der Lastwagen	dair lasst-vargen	truck
der Latz	dair lats	bib
die Latzhose	dee lats-hawser	overalls
der Lauch	dair laowkh	leek
die Lebensmittel	dee laibens-mittel	food
der Lehrer	dair lairer	teacher (male)
lesen	lezen	to read
der Lichtschalter	dair likht-shallter	light switch
der Lieferwagen	dair leefer-vaagen	delivery van
lila	lee-la	purple
die Limone	dee limawner	lime
das Lineal	dass leenai-al	ruler
die lockigen Haare* (n)	dee lokkigen haare	curly hair
der Löffel	dair lerfel	spoon
der Löwe	dair lerver	lion

m

German	Pronunciation	English
das Mädchen	dass maid-h-yen	girl
der Maiskolben	dair mice-kolben	corn
malen	mar-len	to paint
die Mango	dee mango	mango
der Mantel	dair mantel	coat
der Marienkäfer	dair maree-enkaifer	ladybug
die Marionette	dee marree-onetter	puppet
die Marmelade	dee marmelaader	jelly
die Maus	dee mouse	computer mouse/mouse
die Mäuse* (f)	dee moyzer	mice
das Mehl	dass mail	flour
die Melone	dee melawner	melon
das Messer	dass messer	knife
die Metzgerei	dee metsga-rye	butcher's shop
die Mikrowelle	dee meekroveller	microwave
die Milch	dee milkh	milk
das Motorrad	dass motawr-rat	motorcycle
die Motte	dee motter	moth
der Mund	dair moont	mouth
die Mutter	dee mootter	mother
die Mütze	dee mewtser	can

n

German	Pronunciation	English
der Nachttisch	dair nakht-tish	night stand
der Nachttopf	dair nakht-topf	potty chair
die Nacktschnecke	dee nakt-shnekker	slug
der Nagel	dair nah-gel	nail
die Nähmaschine	dee naymasheener	sewing machine
die Nase	dee nah-zer	nose
das Nest	dass nest	nest
neun	noyn	nine
neunzehn	noyn-tsain	nineteen
die Nixe	dee nixer	mermaid
die Nudeln* (f)	dee noodeln	pasta

o

German	Pronunciation	English
die Obstschale	dee awpst-shaaler	fruit bowl
das Ohr	dass oar	ear
die Orange	dee oran-jer	orange (fruit)
orange	oran-jer	orange (color)
das Oval	dass o-vahl	oval

p

das Papier	*dass pa-peer*	paper
die Paprikaschote	*dee papprika-shawter*	bell pepper
der Park	*dair park*	park
der Parkplatz	*dair park-plats*	parking lot
die Party	*dee par-tee*	party
der Personalausweis	*dair pertsonal-aows-vice*	identity card
der Pfeffer	*dair pfeffer*	pepper
das Pferd	*dass pfert*	horse
der Pfirsich	*dair pfir-zikh*	peach
die Pflanze	*dee pflantser*	plant
die Pflaume	*dee pflaowmer*	plum
der Pilz	*dair pilts*	mushroom
der Pinsel	*dair pinzel*	paintbrush
der Pirat	*dair peeraat*	pirate
die Pizza	*dee peetsa*	pizza
das Planschbecken	*dass planshbekken*	wading pool
das Polizeiauto	*dass polleetsye-aowto*	police car
der Polizist	*dair pollitsist*	policeman
die Pommes frites* (f)	*dee pom freet*	French fries
die Popcorn* (n)	*dee pop-korn*	popcorn
die Post	*dee post*	post office
der Pullover	*dair pull-awver*	sweater
die Puppe	*dee poopper*	doll
das Puzzle	*dass poozel*	jigsaw puzzle

q

das Quadrat	*dass kva-drat*	square

r

das Rad	*dass raht*	wheel
radfahren	*raht-fahren*	to cycle
der Radiergummi	*dair radee-er-goomee*	eraser
das Radio	*dass rad-yo*	radio
die Rakete	*dee ra-kaiter*	rocket
der Rasenmäher	*dair rah-zen-mai-er*	lawnmower
die Raumfähre	*dee raowm-fairer*	spaceship
die Raupe	*dee raowper*	caterpillar
der Rechen	*dair rekhen*	rake
das Rechteck	*dass rekht-ek*	rectangle
der Regenschirm	*dair regen-shirm*	umbrella
der Reis	*dair rice*	rice
der Reißverschluss	*dair rice-fair-shlooss*	zipper
reiten	*ry-ten*	to ride
rennen	*ren-en*	to run
der Rennwagen	*dair ren-vaagen*	race car
der Roboter	*dair ro-botter*	robot
der Rock	*dair rok*	skirt
der Roller	*dair roller*	scooter
der Rollstuhl	*dair roll-shtool*	wheelchair
rosa	*ro-za*	pink
die Rosinen* (f)	*dee rozeenen*	raisins
rot	*rawt*	red
die rote Beete	*dee rawter bayter*	beets
der Rücken	*dair rewken*	back (part of the body)
der Rucksack	*dair rook-zak*	backpack
die Rutschbahn	*dee rootsh-barn*	slide

s

die Säge	*dee zaiger*	saw
die Sahne	*dee zarner*	cream
die Salami	*dee zalamee*	salami
das Salz	*dass zalts*	salt
die Samen* (m)	*dair za-men*	seeds
die Sandale	*dee zan-darler*	sandal
der Sandwich	*dair sendvich*	sandwich
das Schaf	*dass shaf*	sheep
der Schal	*dair sharl*	scarf
die Schaukeln* (f)	*dee shaow-keln*	swings
die Schere	*dee shai-rer*	scissors
die Scheune	*dee shoy-ner*	barn

das Schiff	*dass shif*	ship
der Schinken	*dair shinken*	ham
der Schlafanzug	*dair shlaf-antsook*	pajamas
schlafen	*shlafen*	to sleep
das Schlafzimmer	*dass shlaf-tsimmer*	bedroom
die Schlange	*dee schlanger*	snake
der Schlüssel	*dair shlewssel*	key
der Schmetterling	*dair shmetter-ling*	butterfly
die Schnecke	*dee shnekker*	snail
schneiden	*shny-den*	to cut
die Schokolade	*dee shokko-larder*	chocolate
der Schraubenschlüssel	*dair shraowben-shlewssel*	wrench
der Schraubenzieher	*dair shraowben-tsee-er*	screwdriver
der Schraubstock	*dair shraowpshtok*	vise
schreiben	*shriben*	to write
der Schreibtisch	*dair shrype-tish*	desk
die Schubkarre	*dee shoop-karrer*	wheelbarrow
der Schuh	*dair shoo*	shoe
die Schule	*dee shooler*	school
die Schürze	*dee shewr-tser*	apron
die Schüssel	*dee shewssel*	bowl
der Schwamm	*dair shvam*	sponge
schwarz	*shvarts*	black
das Schwein	*dass shvine*	pig
die Schwester	*dee shvester*	sister
sechs	*zekhs*	six
sechzehn	*zekh-tsain*	sixteen
die Seife	*dee zyfer*	soap
das Seil	*dass syle*	rope
der Senf	*dair zenf*	mustard
der Sessel	*dair zessel*	armchair
das Shampoo	*dass shumpoo*	shampoo
die Shorts	*dee shorts*	shorts
sich waschen	*zikh vashen*	to wash yourself
das Sieb	*dass zeep*	strainer
sieben	*zeeben*	seven
siebzehn	*zeep-tsain*	seventeen
singen	*zingen*	to sing
sitzen	*zitsen*	to sit
das Skateboard	*dass skateboard*	skateboard
die Socke	*dee zokker*	sock
das Sofa	*dass zofa*	sofa
der Sohn	*dair zone*	son
die Sonnenbrille	*dee zonnen-briller*	sunglasses
der Spaten	*dair shpaaten*	shovel
der Speck	*dair shpek*	bacon
der Speicher	*dair shpykher*	attic
der Spiegel	*dair shpeegel*	mirror
dee Spielkarten* (f)	*dee shpeel-karten*	playing cards
die Spielsachen* (f)	*dee shpeel-zakhen*	toys
der Spinat	*dair shpinnat*	spinach
die Spinne	*dee shpinner*	spider
die Spinnen* (f)	*dee shpinnen*	spiders
der Sportschuh	*dair shport-shoo*	tennis shoe
der Sportwagen	*dair shport-vaagen*	sports car
springen	*shpringen*	to jump
die Spüle	*dee shpewler*	sink
das Spülmittel	*dass shpool-mittel*	dish soap
die Stadt	*dee shtat*	town
die Staffelei	*dee shtaffel-eye*	easel
der Stangensellerie	*dair shtangen-zelleree*	celery
der Staubsauger	*dair shtaowb-zaowger*	vacuum cleaner
stehen	*shtay-en*	to stand
die Stereoanlage	*dee shtereo-anlager*	stereo
der Stern	*dair shtairn*	star
der Stiefel	*dair shteefel*	boot
der Stier	*dair shtee-er*	bull
die Stifte* (m)	*dee shtifter*	pens

der Stöpsel	*dair shturpsel*	plug
die Straße	*dee strasser*	street
die Straßenlaterne	*dee strassen-latairner*	street lamp
das Streichholz	*dass shtrykhe-holts*	match
die Strickjacke	*dee shtrik-yakker*	cardigan
der Strohhalm	*dair shtraw-halm*	(drinking) straw
die Strumpfhose	*dee shtroompf-hawzer*	tights
der Stuhl	*dair shtool*	stool
der Supermarkt	*dair zupermarkt*	supermarket
die Suppe	*dee zoopper*	soup
das Sweatshirt	*dass sweatshirt*	sweatshirt
der Swimmingpool	*dair swimmingpool*	swimming pool

t

das Tablett	*dass ta-blett*	tray
die Tafel	*dee tahfel*	chalkboard
der Tamburin	*dee tambooreen*	tambourine
die Tankstelle	*dee tank-shteller*	gas station
die Taschenlampe	*dee tashen-lamper*	flashlight
das Taschenmesser	*dass tashen-messer*	pocketknife
der Taschenrechner	*dair tashen-rekhner*	calculator
die Tasse	*dee tasser*	cup
die Tassen* (f)	*die tassen*	cups
die Tätigkeiten* (f)	*dee taytikh-kiten*	actions
das Taxi	*dass taksee*	taxi
der Teddy	*dair teddy*	teddy bear
die Teddys* (m)	*dee teddies*	teddy bears
der Teebeutel	*dair tayboytel*	tea bag
der Teich	*dair tykhe*	pond
das Telefon	*dass tellefawn*	telephone
der Teller	*dair teller*	plate
der Tennisschläger	*dair tennis-shlayger*	tennis racket
der Teppich	*dair teppikh*	carpet
der Tisch	*dair tish*	table
der Toaster	*dair toaster*	toaster
die Tochter	*dee tokh-ter*	daughter
die Toilette	*dee twa-letter*	toilet
das Toilettenpapier	*dass twa-letten-pa-peer*	toilet paper
die Tomate	*dee to-matter*	tomato
die Tomaten* (f)	*dee tomaaten*	tomatoes
der Topf	*dair topf*	saucepan
das Tor	*dass tore*	gate
der Trainingsanzug	*dair trainings-antsook*	sweat suit
der Traktor	*dair trak-tore*	tractor
der Transport	*dair transport*	transportation
die Trauben* (f)	*dee traowben*	grapes
die Treppe	*dee trepper*	stairs
das Treppengeländer	*dass treppen-gelennder*	banister
trinken	*trink-en*	to drink
die Trommel	*dee trommel*	drum
die Trompete	*dee trompaiter*	trumpet
der Truthahn	*dair troot-harn*	turkey
das T-Shirt	*dass tee-shirt*	T-shirt
die Tür	*dee tewer*	door
die Türklinke	*dee tewer-klinker*	door handle

u

das U-Boot	*dass oo-bawt*	submarine
die Uhr	*dee oo-er*	clock

das Unterhemd	*dass oonter-hemt*	undershirt
die Unterhose	*dee oonter-hawzer*	underpants
die Untertasse	*dee oonter-tasser*	saucer

v

die Vase	*dee vaazer*	vase
der Vater	*dair farter*	father
das Video	*dass video*	video tape
der Videorecorder	*dair video-rekorder*	VCR
vier	*feer*	four
vierzehn	*feer-tsain*	fourteen
der Vogel	*dair fawgel*	bird
die Vögel* (m)	*die furgel*	birds
der Vorhang	*dair fore-hang*	curtain
der Vorleger	*dair fore-laiger*	rug

w

der Wachsmalstift	*dair vaksmaal-shtift*	crayon
die Wachsmalstifte* (m)	*dee vaksmaal-shtifter*	crayons
das Waschbecken	*dass vash-bekken*	sink
die Waschmaschine	*dee vash-ma-sheener*	washing machine
das Wasser	*dass vasser*	water
der Wasserhahn	*dair vasser-hahn*	faucet
die Wassermelone	*dee vasser-melawner*	watermelon
der Wecker	*dair vekker*	alarm clock
weinen	*vy-nen*	to cry
weiß	*vice*	white
die Werkstatt	*vairk-shtat*	workshop
der Werkzeugkasten	*dair vairk-tsoyk-ka-sten*	toolbox
winken	*vinken*	to wave
die Wippe	*dee vipper*	seesaw
der Wohnwagen	*dair vorn-va-gen*	trailer
das Wohnzimmer	*dass vorn-tsimmer*	living room
der Wurm	*dair voorm*	worm
die Würmer* (m)	*dee vewr-mer*	worms
die Wurst	*dee voorst*	sausage

z

die Zahlen* (f)	*dee tsarlen*	numbers
die Zahnbürste	*dee tsarn-bewrster*	toothbrush
die Zähne* (m)	*dee tsayner*	teeth
die Zahnpasta	*dee tsarn-pasta*	toothpaste
zehn	*tsain*	ten
zeichnen	*tsye-kh-nen*	to draw
die Zeitschrift	*dee tsyte-shrift*	magazine
die Zeitung	*dee tsy-tung*	newspaper
das Zelt	*dass tselt*	tent
die Ziege	*dee tseeger*	goat
ziehen	*tsee-en*	to pull
die Zitrone	*dee tsee-trawner*	lemon
die Zucchini	*dee tsookeenee*	zucchini
der Zucker	*dair tsookker*	sugar
der Zug	*dair tsook*	train
die Zunge	*dee tsoonger*	tongue
zwanzig	*tsvan-tsikh*	twenty
zwei	*tsvy*	two
die Zwiebel	*dee tsvee-bel*	onion
zwölf	*tsverlf*	twelve

Additional models: Les Pickstock, Barry Jones, Stef Lumley and Karen Krige. With thanks to Vicki Groombridge, Nicole Irving and the Model Shop, 151 City Road, London.

First published in 1999 by Usborne Publishing Ltd, Usborne House, 83-85 Saffron Hill, London EC1N 8RT, England. www.usborne.com
Copyright © Usborne Publishing Ltd, 1999.
First published in America 1999. AE